Sigrid Joanna Sonberg

Ein Stück Himmel

Sigrid Sonberg © 2023
Covervorlage: shutterstock
8503 St. Josef www.sigrid-sonberg.at

Herstellung und Verlag: BoD – Books on Demand, Norderstedt
ISBN: 9783741285165

Goldschimmer

Ich schließe die Augen.

Das Geräusch ist heftig, es dröhnt meinen Kopf gleichsam auseinander, wie durch beschleunigte Funken, die zwischen meinen Ohren hin und her schießen. Ich muss noch warten bis der Firmenleiter Zeit für mich hat. Ich greife den mir angebotenen Gehörschutz und habe nun außer dem Mund– und Nasenschutz auch die Ohren abgeschirmt. So hört es sich an wie ein Wasserfall im Zeitraffer aus etwas Entfernung. Mit dem gedämpften Gehör habe ich plötzlich einen seltsamen Geruch in der Nase. Ich weiche zurück.

Ich weiche gedanklich zurück in die Zeit, als es begann, als uns die Pandemie und die Krise aus den Angeln gehoben hat. Als viele von uns wie in der Luft hängende Türen – auf oder zu schlugen, hin und her ohne Halt zu finden; jeder und jede für sich, in verdichteter Leere oder leerer Enge, manche entlang eines wirtschaftlichen Abgrunds. Weil wir einfach nicht wussten und wissen, wann wir wissen werden; so leben ist wie leben in katastrophisch aufgeladener Luft.

Ich schließe die Augen. Mich hat die Misere als Singlefrau und Jung – Fünfzigerin, wie auch als freischaffend Schreibende doppelt eiskalt erwischt. Eiskalt, wegen meiner Finanzen. Ich denke an die fünf Vierfach-Golddukaten aus dem Vermächtnis meiner Mutter und daran, dass sich der Goldpreis im Höhenflug befindet. Ich drehe ein Goldstück in der Hand, fühle die Prägung, schnuppere daran und stelle fest, dass es geruchlos ist. Spontan stecke ich eines der Goldstücke in meine Tasche; dabei kommen mir Worte wie *lächerlich* oder *erbärmlich* in den Sinn.

Die andere Seite der Situation lässt mich gerade erfahren, wie Einsamkeit pur und ungeschminkt schmeckt. Merke nun, wie halbherzig ich einen Partner herbeigesehnt hatte, als ich mich vor Monaten endlich aufraffte in einer Partnervermittlung aktiv zu werden. Mit Beginn der Krise beendete ich abrupt meine spärlichen Aktivitäten dort. Abstandhalten wurde vom Staat verordnet, aus *verordnet* wurde *zwingend verordnet*, indem Polizeikontrollen die Menschen auseinander scheuchten, in ihr Zuhause, in ihre Enge oder in ihre Isolation.

Distanzierungsverordnung wurde zum Berührverbot, Singles in die absolute Vereinsamung, so manch eine Familie in eine Art Heimgefängnis verbannt, so manches zusammenlebende Paar in unerträgliche ImmerzuNähe oder zu mehr Sex.

Idealerweise in eine wirkliche Nähe zueinander, die den Freiraum des anderen achtet, vielleicht sogar eine liebevolle Erotikkultur aufkommen lässt. Soweit das möglich ist in einer Zeit der Unsicherheit; aber wann denn, wenn nicht gerade dann, wenn genügend Zeit vorhanden ist.

Ich fühle mich wie viele Singles wohl, auf mich selbst zurückgeworfen, darauf, nur mich selbst zu spüren, zu berühren, zu schmecken, zu riechen, mir vorzulesen, mich zu lieben, zu kratzen, zu bekochen, Zecken vom eigenen Rücken zu entfernen, alleine flanieren und spazieren, mich alleine freuen. Wie freuen eigentlich, wenn es nicht im Gegenüber widerhallt, geteilt wird? Und warum zum Henker, wird mir das jetzt so bewusst? Weil dieser Zustand in zugespitzter Form eingetreten und nicht selbst gewählt ist, ja verordnet wurde?

Ich denke fast wehmütig. Wenn ich einen Partner gefunden hätte, dann, ja dann! Meine ersten Dates von vor Monaten fallen mir ein. Manchmal gab es Gedankenbegegnung; aber es sprühten keine Funken.

Die Sekretärin bittet mich weiter. Sagt mir, dass es noch ein wenig dauere, bis Herr Binder Zeit habe. Ich nehme Platz, ziehe den verrutschten Mundschutz hoch.

„Sie schreiben über uns in Ihrem Magazin?" Ich nicke und erzähle von meiner Reihe. Wie ich kleine und mittelgroße Betriebe erkunde, die einen guten Neustart nach Abflauen der Krise hinlegen und neue Wege gehen.

Kurz darauf öffnet sich die Türe, ein mittelgroßer, mundnasenmaskierter Mann nickt mir kurz zu. „Frau John?" Er führt mich in ein anderes Büro und verschwindet hinter einer Glasscheibe.

Während wir diese fast unsichtbare Glasscheibe zwischen uns haben, Nase und Mund verhüllt sind, stell ich mich vor „Anna John". Ich frage mich, ob ich das Mikro einschalte und greife nach meinem Smartphone, dabei bekomme ich den eingesteckten Golddukaten zwischen die Finger. Lasse ihn los und lausche.

Höre, wie mein Gegenüber berichtet, von den Glas – Trennwänden, die seine Firma hier und an einem zweiten Standort erzeugt. Davon, wie sie der hohen Nachfrage nach Glas – Trennwänden, Pulten und Gesichtsschutz – Schirmen für den PandemieAlltag nachkamen und nachkommen. Er erwähnt, dass seine Firma solche als bewegliche oder unbewegliche Elemente fertigen kann, berichtet von farbigem, bedrucktem, luminiertem, milchigem, gebogenem und satiniertem Glas. Erklärt mir, was ich vorher gesehen habe – Sandstrahlen. Dass dabei mit Hochdruck Sand, besser gesagt Strahlenkorund aus Bauxit und Tonerde auf Glas geschossen wird, Teilchen herausschleudert werden und so eine aufgeraute Oberflächenstruktur entsteht. Sichtschutz bei minimalem Lichtverlust, mit dem Ergebnis von angenehmer Lichtstreuung. Ich mache Notizen, beobachte seine Hände, die mir bekannt vorkommen. Die Knöchel, die sich deutlich gerundet abzeichnen, lange, gelenkige Finger, insgesamt machen sie den Eindruck etwas zu bewerkstelligen. Ich frage, wie es gelungen ist, die Produktion der Trennscheiben aufrecht zu erhalten.

„Die meisten meines Teams habe ich behalten, schon bald danach habe ich Hilfskräfte aufgenommen. War nicht leicht, welche zu bekommen, aber, mir scheint, die Leute haben in und nach der Zwangspause Freude an der Arbeit. Sonst habe ich während des Lockdowns liegen gebliebene Ideen hervorgeholt, weiterentwickelt oder umgesetzt, hab Dinge gemacht für die vorher keine Zeit war. Jetzt grad entstehen Gesichts – Visiere mit besonderem Glas und individuellem Design, und, und, und!" Er nickt mir zu. „Bei all dem wird mir bewusst, dass unsere Welt etwas langsamer funktionieren kann, nicht ganz so wie in der Krise natürlich." Er zieht eine Augenbraue hoch. „Nur, ich fürchte, das Ganze war nur ein Anfang."

Ich schaue ihn fragend an.

„Die größere Krise wird der Klimawandel und die Folgen. Wenn wir Grundlegendes nicht ändern, und das sofort tun, wird es eng werden. Ich persönlich versuche erste Schritte in diese Richtung, die Rohstoffe von möglichst nah, erzeugen im Sinne einer Kreislaufwirtschaft. Mutig sein und verändern!" Er verweist mich auf den Katalog. Und meint scherzend, dass wir den Mundschutz hinter der Scheibe eigentlich nicht brauchen.

Gleich darauf sehe ich sein Gesicht. Sein kurzer Gesichtsbart ist so angegraut wie seine schütteren Haare. Es sticht in meiner Brust, dem folgt eine Hitze dort, ich erkenne ihn – er ist mein erstes Date. Ich nehme den Mundschutz nicht ab. Da ich statt meiner langen Haare einen Kurzhaarschnitt mit Stirnfransen trage und etwas heller geworden bin, kann ich gelassen in meiner Anonymität bleiben. Lasse ihn also reden, betrachte ihn. Er führt mich durch die Produktion, dann zurück ins Büro, mit der Scheibe zwischen uns. Ich zögere noch, genieße meinen Vorsprung, auch aus Unsicherheit. Bis er mich ermuntert den Mundschutz abzunehmen. Zögernd ziehe ich die Maske weg und bin verblüfft. Denn er erkennt mich sofort, lächelt, und meint, dass er schon eine Vermutung hatte.

Er sagt lange nichts, lange. Und dann: „Wie schön du bist!"

Ich presse die Lippen aufeinander, denn ich hätte es ebenso sagen mögen. Fragen rasen durch meinen Kopf. „Warum habe ich ihn vorher, ja vorher, nicht gesehen? Und, „wie weit müssen wir uns entfernen, um uns wirklich nah zu sein?"

Wir reden, über die Krise und all das.

Wie gefangen wir uns fühlten. Dann reden wir darüber hinaus.

Waren wir nicht - frei mit uns selbst? Zwar von fremdbestimmt verursacht, aber frei nur mit uns selbst, wir in unserem eigenen Zentrum; frei in der Selbstsicht. Je länger es dauerte, umso bewusster wurde, was wirklich wichtig ist. Befreit von äußerem und innerem Ballast: Jedenfalls wer sich darauf einließ. Ich spreche das Eigenschaftswort aus, das mir einfällt: *wesensnackt* - wie sich das anfühlt. Wir lachen, gleichzeitig. Und sprechen darüber, wie lange wir alle eine neue Verankerung im Leben suchten und suchen, viele ohne es zu wissen, viele ohne es zu wollen, manche ohne es zu erreichen. Wie einige, ja viele von uns kreativ werden. Und einfach nur allein mit sich beginnen. So wie er. Oder ich.

Ich berichte von meiner Idee diese Beiträge für ein kleines Magazin zu schreiben. Und wir merken deutlich, was diese neue Welle, die über uns hereinbricht, bewirkt. Wie sie das Entstehen einer Welle aus uns selbst herausgefordert hat. Eine schöpferische Welle, die sich fortsetzen kann, und weiterlaufen und niemals mehr verebben.

Er erklärt mir stolz das neue Glas. Ein Zauberglas, sagt er lächelnd, denn es wirkt wie ein Weichzeichner. Er senkt die Stimme ab für ein einsames Wort – *Goldschimmer*.

Ich nicke. „Die Welt braucht Gegenbilder und Gegenwerke!" In diesem Augenblick muss ich die Scheibe berühren, ich kann nicht anders. Ich lege meine Hand darauf, ganz klassisch wie im Film, wie die Szene eines Gefängnisbesuchs. Einen Moment später liegt seine Hand auf meiner. Zwischen uns diese Zauberscheibe, sein von ihm erschaffenes Gegenbild für diese Welt.

Ich erschauere. Ich spüre nicht glattes Glas, ich spüre griffige Haut an meiner Handfläche, es ist seine Hand an meiner; langsam in Zehntelmillimeter – Bewegung schieben sich seine Finger zwischen die meinen, ganz fein, es fühlt sich an wie im Wasser oder wie in einem anderen, fremden Element. Es wird warm, sehr warm in meiner Hand, sie wird feucht und es fließt durch mich wie ein gewebedurchdringender Ton. Mein Gott, eine 3-D-Scheibe?

Wir reden wieder. Wie unsere Welt erbebte und wie gespenstisch es war, nicht zuletzt, weil es umfassend passierte. Wir erzählen uns schräge Begebenheiten aus der Krise, wir erzählen uns Persönliches, fast schon zu viel. Zeitknappheit? Völlig vergessen. Corona – Witze haben wir beide auf Lager und wir erwägen, uns mit einem Fußshake zu verabschieden – gleichzeitig frage ich mich und ihn, wie wohl ein Icon dazu aussehen würde. Jetzt erst ziehen wir unsere Hände von der Scheibe zurück. Er versucht mit Händen vorzuzeigen, wie ein Fußshake funktionieren könnte und will mit Handgesten seine Icon – Idee dazu verdeutlichen. Wir begegnen uns im Lachen – durch die Scheibe hindurch. Beim Gehen fühle ich meine Hand noch immer wie an der Scheibe, nein, in seiner Hand. Gleich darauf ist mir, als ob etwas darin wäre, als ob ich etwas erhalten hätte und jetzt mitnehme.

Ich gehe, bin so erfreut, sosehr. Und verwirrt. In mir drin ist etwas geweckt, geboren, entstanden, gewachsen, ausgebrochen, entsprungen! Oder? Ist es eingebildet? Ganz egal, es ist da! Berührtheit und Berührbarkeit. Mit jedem Schritt nehme ich die mit;

einen Teil davon will und werde ich, wenn passend, weitergeben. Den anderen Teil leg ich in mein Herz.

Mit jedem Schritt nach draußen, trete ich ein Stück hervor aus diesem Erlebnis und frage mich wieder. Warum hab ich ihn jetzt erst gesehen? Durch die Scheibe? Weil man erst erkennt, wenn es brennt? Wenn etwas fehlt? Ihm ging es ja gleich. Darauf rieseln mir die sprichwörtlichen Schuppen von den Augen. Wir sind zu kontrolliert, zurückhaltend, glatt. Jeder und jede sich selbst Welt genug. Wir schirmen uns ab, aus Angst, die Kontrolle durch aufkommende Gefühle zu verlieren. Es bleibt – größtmögliche Gezähmtheit mit ihrem Auswuchs – Abstumpfung. Und nun? Ich könnte laut lachen. Pandemiebedingt ist das Abschirmen offenkundig und dinglich geworden. Teilweises Sandstrahlen täte uns gut, damit auch wir griffiger und berührbarer werden!

Ich bin gespannt ihn zu treffen morgen, oder übermorgen dann. Frage mich und spüre eine leichte Beklemmung meinen Hals hochsteigen. Wie wird es sein, ohne Scheibe, ob Zauberscheibe oder nicht. Können wir aus unserem Gefängnis heraus? Wir beide? Wir alle?

Beim Weggehen habe ich das Bild in mir von zwei farbigen Flüssigkeiten, die mit jedem meiner Schritte ein Stück weit ineinander rinnen, bis sich die

Andeutung einer neuen Farbe zeigt. Bevor sich Altes auflöst, begegnet es dem Neuen, denkt mein Gehirn und meine Füße gehen, während mein Herz vordergründig schlägt.

Ich schließe die Augen. Ist da etwas in meiner Hand? Sie fühlt sich so erfüllt an. Gleich darauf, ein Geruch, ein würziger Duft in meiner Nase, und meine Augen wollen sehen. Ich hebe den Blick zu einem aufsteigenden Horizont. Dort zeichnet sich Goldschimmer ab.

Ein Stück Himmel

Baumbart.

Er hatte seine Augen schon lange geschlossen. Dennoch lebte der alte Mann mit pulsierenden Sinnen und ungewöhnlich, fast spektakulär. Kein Name könnte seine Eigenart und Lebensart ausdrücken, auch wollte er selbst keine Namensnennung, und daran hält sich die Erzählung.

Er war als Kind erblindet. So waren seine jungen und mittleren Lebensjahre geprägt von Einschränkung, nach außen unauffällig und ruhevoll, bereicherte ihn mit der Zeit ein Innerleben voller Empfindung. Seine späten Jahre verbrachte er zunehmend abenteuerlich, wie andere es in jungen Jahren tun. So lebte er die Lebensphasen in ungewöhnlicher Abfolge, was von ihm gar nicht geplant, ja nicht einmal gedacht gewesen war. Wie könnte es anders sein, als dass er, der Blinde eine besondere Geschichte mit sich trug, vielleicht noch immer trägt, oder hinterlassen hat, vielleicht für uns und für heute.

Lange kannte er nur seinen Heimatort, eine kleine Stadt in einem engen Tal, die Berge rundum.

Ja, die Berge, die liebte er. In der warmen Jahreszeit wanderte der Blinde mit seinem Hund die Hänge langsam hoch, horchte und bewegte sich gerne entlang der frischen Luftfahnen, die umso würziger wurden, je höher er kam. Er kannte seinen Weg, besuchte oft dieselben Bäume und ließ dabei seine Hände manch einen Stamm hinauf und hinabgleiten. Dabei hob er seine buschigen Augenbrauen, wohl weil seine Hände seinen Augen Eindrücke vermittelten und gleichzeitig in Bildsprache übersetzten. Der Wirt vom Gasthaus im Ort schätzte seinen Spürsinn, brachte der Blinde ihm doch die besten Pilze, immer vor den anderen Suchern, immer in feinster Qualität. Der Wirt vertraute ihm, er veränderte nach dem Rat des alten Mannes die Rezepte. Die vom Blinden mitgebrachten Baumflechten verwendete er in einigen seiner Gerichte als besondere Würze. Den neuen Geschmack fanden manche fremd oder exotisch, die meisten sehr wohlschmeckend und waren sich einig – solch ein Pilzrisotto gab es noch nie, die Pilzpastete einfach delikat. Die Gäste zeigten sich begeistert und kamen zunehmend von weit, ja sogar aus der Hauptstadt. Dies alles brachte nicht nur dem Wirt einen besonderen Ruf ein, auch vom Blinden redete man, dass der hinter dem Geheimnis der Zutaten steckte.

So verlief das Leben des Blinden also jahrein, jahraus, durch seine besonderen Aufgaben lebte er erfüllt und zufrieden. In seiner gewohnten Umgebung erkannte er die Gassen der kleinen Stadt nach ihren Gerüchen, manche Orte nach ihren Geräuschen, die Menschen nach ihren Stimmen und Farben, die sie aussandten. Die Kirche besuchte er selten, hatte er doch den Eindruck, dass die Andacht auf dem Berg nicht minder tief war.

Umso verwunderlicher, dass ihm der plötzlich verstorbene Pfarrer ein kleines Vermögen und einen Brief vererbte. Der Blinde ließ sich den Brief vorlesen, schon beim Auffalten des Briefbogens erlauschte er, dass da etwas Ungewöhnliches auf ihn zu kam. Dann, wie verblüffend und aufrührend, da waren es nur drei Worte. *Suche den Himmel*. Völlig unerwartet und befremdend war dieses Erbe ohnehin, sonderbar wurde es durch die Bedingung, die damit verknüpft war, eine Auflage gleichsam. Der Erbe musste ein Ergebnis, ein glaubwürdiges und seriöses Ergebnis beim Anwalt abliefern; eine Antwort, wo er den Himmel gefunden habe, erst danach sollte er die gesamte Geldsumme erhalten. Die Hälfte des Geldes stand ihm sofort zur Verfügung und es schien dem Blinden nicht nur wie ein Vorschuss, mehr noch ein Vertrauensvorschuss, was für ihn viel mehr Antrieb war. Denn um das Geld ging es *diesem* Erben nicht. Der alte Mann ohne Sehkraft ruhte sehr in sich. Nur, diese drei Worte bewegten ihn und er überlegte, wie er, ausgerechnet er, der Blinde dieser Bedingung, nein Aufgabe (das sah er darin) entsprechen könne. Und warum sollte er? In solchen Momenten kaute er gerne an seiner Mischung aus getrockneten Baumflechten und Bergkräutern und nuschelte vor sich hin – „Himmel suchen, das Paradies, die Glückseligkeit." Er hatte dafür auch schon das Wort Nirwana gehört. Hm. Also, nachdem er nur auf der Erde suchen konnte, wo denn sonst, beschloss er, eine Weltreise anzugehen. Die Hälfte des Geldes hatte er zur Verfügung. *Vielleicht gibt es ja Orte, an denen der Himmel die Erde berührt, wer weiß*, dachte er. Und schließlich sollte man sich weit umschauen, ging es doch um den Himmel. Diese Idee brachte ihn auf eine weitere. Er fragte den Neffen seiner Nachbarin, einen Studenten, ob der nicht gerne eine längere und bezahlte Pause einlegen wolle. Der Nachbarin blieb der Mund offen, der Student antwortete spontan, *naja und wie*. Der Blinde engagierte den jungen Mann, der ihn führen sollte.

Sonst erzählte er niemand von seinem Vorhaben, schon gar nicht von der Auflage und seiner Aufgabe, die er angehen wollte. So brachen sie also auf — der Blinde, sein spitzohriger schwarz-weißer Hund und ein Studierender, der hier Student genannt wird.

*

Die Reise.

Der alte blinde Mann erfuhr nun eine Zeit, in der er sich wie ein König fühlte, sein Hund sich wie der Anführer eines großen Rudels und der junge Student wie ein im diplomatischen Chor Tätiger, beauftragt von höchster Stelle, wie etwa vom Geheimdienst oder von der Regierung des Landes. Letzteres übertrug sich auf alle drei. Entsprechend hatte der Student auch berichtet; seiner Freundin und Kollegen erzählte er von einem wohlhabenden, etwas schrägen alten Mann, bei dem er als Sekretär und Reisegefährte angestellt war. Er tat geheimnisvoll und genoss es. Seine Freundin, eine Kunststudentin, beneidete ihn beinah, so günstig zu einer Weltreise zu kommen, insgeheim wäre sie gerne mitgereist.

Oft hörte der Student auf dieser Reise die Worte *Lass es mich fühlen*. Er hatte natürlich verstanden, dass er als Auge des Alten fungieren sollte und sich darauf eingestellt, den alten Mann immer dorthin zu bringen, wo er mit den Händen erreichen konnte, was zu bestaunen war.

Nicht immer war es zu befühlen, wie etwa, wenn es sich um hinter Panzerglas ausgestellte Kronjuwelen handelte. Außerdem, das merkte der junge Mann bald, waren dem Blinden die lebendigen Dinge lieber. Wie etwa das Erlebnis mit einem Kamel, das dem Blinden besonders zu gefallen schien. Tatsächlich war es hier das erste Mal, dass der Blinde einen Ansatz von einer Antwort auf die große Frage erhielt. Tja, von einem Kamel. Hier meinte er das erste Mal die Leiter zu erspüren. Eine, die in den Himmel führt.

Natürlich hatte er auf seiner ganzen bisherigen Reise immer versucht besonders intensiv zu spüren und mit allen seinen Sinnen, dem Herzen und den Eingeweiden zu sehen und zu erleben. Immerhin hatte er genau das lange genug geübt.

Als er bei dem am Boden niedergelassenen Kamel stand, es streichelte, seine Hand behutsam zärtlich den Hals des Kamels entlangglitt und sich dabei der so unglaublich überraschenden Erhebung

Richtung Rücken näherte, wurden seine Finger zum Wahrnehmungsorgan. Während er sie verweilen ließ, schien es, als ob diese Erhebung zu ihm spräche. Ihm Geschichten über Wüstendiebe und Abenteuer, Sand und Feuer, Weite und Oasen, erzählte. Dieser eine mächtige Höcker eines stinkenden Kamels. Er sah ein ganzes Ereignis, ja Abenteuer, vor seinem inneren Auge ablaufen, eines, das dieses Kamel vielleicht erlebt hatte. War es die Entführung einer jungen Araberin gewesen? Wie im Zeitraffer reihten sich ihm innere Bilder aneinander und er spürte den Windhauch aus dem Himmel darüber und hindurchwehen und es erinnerte ihn an die Luftfahnen beim Aufstieg auf seinen Berg. Luftfahnen, die nach oben zogen, gleich einem Luftsog in den Himmel hinein. Aber auch zurück, nach unten auf die Erde, wie es der alte Mann aufmerksam wahrnahm.

Der Student bemerkte wohl, dass der alte Mann durch das Kamel geradezu verzückt war und fragte sich, wie das sein könne. Da fielen ihm die Worte eines Dichters ein, die besagten so etwas wie … in der Überraschung liegt das Glück … Der alte Mann selbst fragte sich, wie ihm wohl diese Wahrnehmungstür aufgegangen war? War es die Hingabe? Oder, weil er alles vergessen hatte, auch seine eigenen Grenzen, und so über die Form hinausgegriffen hatte? Und war er zum Ursprung der Form und der Formen und darüber hinaus gekommen? Reicht die Wahrnehmung bis dahin? Er überlegte, ob denn seine Arme länger reichten, als sie lang waren, ob er sie dehnen könne. Nur wenig, meinte er, und wenn seine Wahrnehmung zu vergrößern wäre - gibt es da überhaupt noch Worte dafür, die wirkliche Wahrworte sind?

Der Blinde brauchte eine einfache Erklärung. Es blitzte in ihm auf — *ist im Kamelrücken alles gespeichert? Alle Möglichkeiten dieser Welt und diese stammen ursprünglich aus dem Himmel?* Er vermutete zumindest eines — auf eine Spur gekommen zu sein und schmunzelte von nun an ziemlich häufig. Sogar der Hund des Blinden hatte von diesem Tage an einen anderen Ausdruck, oft zog er die Lefzen hoch und schien zu lächeln.

Die Begegnung mit dem Kamel veränderte alles, das merkte auch der Student. Von nun an betastete und spürte der Blinde vor allem Tiere sehr lange und aufmerksam. Wenn er seine buschigen Augenbrauen hochzog und das gewisse Lächeln auf seinem Gesicht erschien, wussten Student und sogar

Hund, er hatte das Besondere erlebt. Und der Blinde ahnte es mehr und mehr. Wenn er selbst sich ganz vergaß, zu dem wurde, was er befühlte, dann spürte er so etwas wie eine Himmelsleiter.

Der Student beobachtete den blinden Mann immer genauer und mit der Zeit auch kritischer. Was war mit dem Blinden los? Beim Befühlen geriet er zunehmend in Verzückung, das änderte sich auch nicht in den Nordländern. Dieses Verhalten kam dem jungen Mann nicht ganz geheuer vor. Vor allem nachdem der Blinde mit einem Elch anscheinend ein ebenso besonderes Erlebnis gehabt hatte, wusste der junge Mann nicht mehr, ob es ihm unangenehm oder peinlich sein sollte. Wird der Blinde verrückt?

Der alte Mann hingegen blieb unbeirrt.

„Wo ist er – der Himmel, Hund was meinst?", fragte er an einem Abend. Der Hund wusste auch nichts, zeigte dies auch, indem er den Kopf nachdenklich auf die rechte ausgestreckte Vorderpfote legte und schnaufte. Da waren sie gerade in England, in einem Hotel in London.

Dort hatte der Blinde eine Idee.

Der Einfall sollte den Studenten in eine sonderbare Situation, aber auch zu einer Erkenntnis bringen. Denn er musste dem Blinden eine Frau bringen. Nur zum Betasten selbstverständlich, so der Blinde.

Nicht nur so, dachte der Student, grinste und schaute sich entsprechend um. Am nächsten Abend brachte er eine recht attraktive Frau. Doch sein Auftraggeber lehnte diese Frau ab, er mochte ihre Stimme nicht und er behauptete, diese sei nicht ihre wahre Stimme und!, diese wäre in einer Stimm-Quetsche verstellt worden! Der Student glaubte nicht richtig zu hören, wollte widersprechen. Doch der alte Mann beharrte. Solch eine Person könnte ihn nicht wirklich mit Tönen erreichen, daher könnte er sie nicht fühlen und auch nicht berühren.

Der junge Begleiter geriet ins Schwitzen. „Oh mein Gott. Was wollte der Alte denn?"

Sie ließen es und gingen in ein Pub. Und dann in ein weiteres auf ein Bier. Jazzige Töne auf dem Klavier hielten den alten Mann nicht ab, in das menschliche Stimmenmeer genau hineinzulauschen. Dabei wirkte er wie sein Hund, wenn der in eine Richtung schnupperte. Plötzlich richtete er sich auf. „Bring mich zu dieser Stimme!"

Der Blinde führte den Studenten in eine Richtung und hin zu einer etwa 50igjährigen Frau. Der Student konnte es nicht wirklich verstehen, aber er tat, wie geheißen. Er stellte sie beide als

Weltreisende und Sprachforscher vor und bat die Frau an den Tisch zu kommen. Sie antwortete überraschend auf Deutsch, mit *aber ja* und *gerne*, und sie komme gleich nach.

Die beiden kehrten zurück an ihren Tisch. Der Student fragte sich und dann seinen Auftraggeber, was er ihr sagen solle?"

„Sag ihr die Wahrheit!", riet der Alte.

„Was bitte — ist die Wahrheit?"

Der Alte lachte. „Na was schon! Sag ihr, ich suche den Himmel. Habe ihn auf der ganzen Welt noch nicht wirklich gefunden und glaube, dass ich ihn vielleicht bei ihr finde!"

Der Student war nun doppelt überrascht. War das der Grund für die Reise? Nach dieser Erkenntnis fiel ihm etwas Anderes ein. Seine Freundin nämlich, sie, die so gerne malte und mit Vorliebe Himmel. *Oh, Himmel*! Und außerdem, was ist das für eine Anmache? Oder ist es überhaupt *nur* Anmache? Alles etwas verrückt, dachte er noch, war aber gespannt, wie es ankommen würde.

Die Frau fand es amüsant, wohl auch ein wenig verrückt, lächelte aber. Sie schaute den alten Mann wohlwollend an; das erkannte der Student selbst mindestens ebenso erstaunt und jetzt bemerkte auch er ihre ansprechende Stimme. Als sie sich setzte, fiel ihm ihre gekrümmte Haltung auf, ja ihr Rücken erinnerte ihn an einen Buckel, doch war es wohl eher eine Andeutung. Er wunderte sich und auch nicht. Dass die Frau, die er vorher angeschleppt hatte, hübscher war als diese hier, konnte der Blinde ja nicht sehen. Auch die ausgeprägte Krümmung ihres Rückens konnte er nicht sehen. Er schüttelte leicht nachdenklich (mit einem Anflug von Verwunderung oder Peinlichkeit?) den Kopf, als ihm das Kamel einfiel – nein, dieser Gedanke war absonderlich, und so war der Alte nicht, so war er nicht.

Am nächsten Morgen beim Frühstück schien der alte Mann recht vergnügt, ja sehr vergnügt. „Nun, die Kronjuwelen konnte ich nicht strahlen sehen oder fühlen, aber das Wesen jener Frau strahlte auf, das kannst mir glauben!"

Dann kam die Frau. Der Student erkannte sie kaum wieder, er konnte keinen Rundrücken an ihr erkennen, nicht einmal eine Andeutung davon. Mit einem *Wie geht´s* wollte er erkunden, an ihrer Stimme erkennen, dass es dieselbe Frau war.

Sie sprach nicht viel und wenn, lächelnd. Sie sagte mit Worten nichts davon, dass sie das erste Mal ganz andere Männerhände erlebt hatte, ohne Forderung, horchend, sanft forschend, gebend. Der

Blinde hatte sie mit seinen Händen gleichsam über die körperliche Form hinaus berührt, ihr Wesen erreicht. So, dass diese Berührung sie in ihrer Persönlichkeit, in ihrem inneren und äußeren Aufrichten bestärkte, dass es wie formstärkend wirkte, und sie sich als Person sanft hervorgemeißelt fühlte. Jetzt konnte sie die Dellen und Knickung ihres bisherigen Lebens vergessen, sich in Würde aufblühen lassen, ja sie wollte es. Das machte sie strahlen, das machte sie aufrichten, das machte es gut, das – hatte er gut gemacht.

Während er, der Blinde, seine eigene Überraschung erlebt hatte. Eine, die ihn über das Glück der ersten Überraschung hinaushob in ein anderes Glück hinein.

„War das ein Stück Himmel, oder – Hund?"

Hund legte den Kopf auf die linke Vorderpfote und schnaufte.

„Ah du meinst, das kann nicht das gewesen sein, weil ja der Pfarrer mir diesen Auftrag gab?" Der Blinde kraulte das Fell des Tieres. „Na, vielleicht doch, gerade deshalb, weil er selber das nie und nimmer hätte laut sagen können, oder?" Der Blinde lächelte und redete weiter zu seinem Hund. „Dort ein Stück Himmel, da ein Stück Himmel, wo ist er wirklich? Ist er dort und ist er da? Hm?"

Die letzte Station war Schottland.

Nahe der Küste, das Meer in der Nase, bewegten sie sich auf den Schafweiden. Kein Tier war zu sehen. Sie ließen sich nieder, der Blinde, der Student und der Hund. Sie hatten es sich auf einer Decke bequem gemacht bei köstlichen Kleinigkeiten aus dem Korbkoffer, der Blinde hatte sich ein Gläschen Wein gewünscht.
Während sie entspannt auf der Wiese saßen, erkannte der Student, wie eigenwillig das Gesicht des Alten war, bemerkte er das jetzt erst oder war es so geworden? Er war sich nicht sicher, stellte in diesem Moment aber fest, dass der Blinde unglaublich viele Falten hatte und wie die sich bewegten, wenn er redete, wenn er einen Eindruck hatte, wenn er etwas erfühlte oder einen Geruch wahrnahm. Die Falten gerieten in einen Tanz, vermehrten sich zu hundert kleinen Fältchen und manchmal, ja manchmal, da bildete sich ein anderes Gesicht, wie aus seinem Gesicht hervortretend und hob sich gleichsam aus dem bekannten Gesicht des Alten heraus. Und dieses war alterslos.

Nach einer Weile wollte der Blinde noch ein wenig allein sein. Der Student dachte, dass der Blinde eigentlich ja immer alleine ist, während er langsam zurückschlenderte. Aber er ahnte schon, dass er sich da täuschte.

Der Blinde träumte vor sich hin und merkte gar nicht gleich, dass sich ihm eine kleine Schafherde näherte. Hätten sich die grasenden Schafe selbst gezählt, hätten sie festgestellt, dass sie, weiße und schwarze in annähernd gleicher Anzahl waren. Der Blinde konnte das nicht sehen, jedoch merkte er sehr wohl ihre Nähe, Harmonie und die Wolke von beruhigender Stille, die sie mit sich brachten (obwohl und gerade weil sie blökten).

Der Blinde blieb einfach ruhig und wartete bis eines herankam, um es zu befühlen. Er griff mit beiden Händen nach dem Tier. Das hatte keine Angst vor einer Schur oder anderem, es merkte wohl die besonderen Hände, ließ geschehen. Der Blinde fühlte die Haare, die einzelnen und den ganzen Balg, gleichzeitig. Das einzelne, das Ganze, das einzelne, das Ganze und es wurde ihm dann ganz wolkenweich, wohlig und wolkenweich, nur innerlich, denn wirklich weich war der Balg nicht.

*

Monate danach.

Der Blinde war wieder in seiner Stadt. Mit seinem Hund. Der Student war wieder in seinem Untermietzimmer in der großen Stadt, besuchte seine Freundin, so oft es ging oder sie wollten. Jene junge Frau also, die so gerne Himmel malte, früher ohne weitere Motive. Neuerdings malte sie hin und wieder einen Baum, der in den Himmel ragte. Er, der Student, hatte lediglich berichtet, dass er einen Weltreisenden begleitet hatte, nichts davon, dass der blind war, nichts von der Mission des Alten (nicht mal etwas von dem Hund!). Er wollte sein ungewöhnliches Abenteuer nicht lächerlich erscheinen lassen, indem er diese obskure Sache mit der Himmelssuche erzählte. Ernstgemeinte Himmelsuche und Himmelmalen, das ist etwas völlig Anderes, nicht zu vergleichen. Er berichtete nur von gemeinsamen Reiseerlebnissen, von Begegnungen und von interessanten Gesprächen mit diesem eigenwilligen alten Mann.

Es war Hochsommer geworden in der Heimat. In dieser Zeit stieg der Blinde besonders gern auf den Berg, um einen seiner Baumfreunde zu besuchen und sein Heilkraut zu holen. Das kannte nur er, und es schien für ihn gewachsen. Als er die Flechte von der Fichte ablöste, sagte er zu seinem Hund: „Schau, unser Kraut, es wächst zwischen Erd und Himmel, schmeckt gut, ist gesund und hilft uns beim Luft holen, nicht wahr, Hund? Er setzte seinen Weg fort, während sein Hund so daneben ging, dass man hätt meinen können, er, der Blinde führe seinen Hund. Dem war aber nicht so.

Oben, fast auf der Spitze des Berges, aber noch immer in dieser Welt, begegnete er Schafen. Und freute sich darüber. Er setzte sich unter einen hohen Bergahorn, dessen zwei Stämme er aufmerksam betastete. „Ein Zwiesel!", murmelte er und genoss die frische Brise am Berg. Dazwischen das Rascheln der Blätter oder das Blöken der Schafe. Bis ihm dieses Geräuschemeer immer lauter, größer wurde. Klangvoll, bewegt, als ob die ganze Umgebung nach diesen Tönen tanzte. Auch der alte Bergahorn. Dass die Schafe daran ihren Anteil hatten, war dem Blinden nur am Rande bewusst. Sie scharten sich nämlich um ihn oder um den Baum oder um beide und legten sich auf die Erde.

Der Wind schwoll an, es sauste, und wischte, und wogte der Ahorn und der nahe Wald. Die Laute drangen stark in ihn, wie eine Welle im Wasser, die sich mit Weiterrollen auftürmt, in einen Körper voller

Erfahrung, gezeichnet von Jahren, doch kaum verbogen. Der Blinde meinte schon seine alten Knochen tanzten mit. Die Töne waren groß, mächtig und öffneten etwas in ihm, das über ihn hinaus reichte. Mehr als Wonne, mehr als Ekstase. „Himmel!", rief er und musste herzhaft lachen, da dieser Überraschungsausruf eine Antwort darstellte. Während das Glücksgefühl andauerte, organisch, anhebend, aufhebend.

Plötzlich ertappte sich der Blinde dabei, wie er mit dem Baum sprach und dieser ihm doch tatsächlich antwortete; nämlich, dass er es gut mache für einen Menschen.

„Was denn?"

„Du atmest wie ich. Du atmest ein und aus gleichzeitig."

Als der Blinde das bemerkte, schreckte er ein wenig zusammen. War er noch am Leben? Oder war er schon an der Schwelle zum Hinübergehen? Er atmete tief ein und aus und machte sich auf, zurückzugehen. Hinunter ins Tal. Der Baum rief ihm noch etwas nach, das er aber nicht verstehen wollte, nicht jetzt, vielleicht später, irgendwann.

Bald danach und oft danach besuchte er den Baum. Immer versammelten sich dort die Schafe, lagen friedlich unter dem Baum, hielten inne mit

Fressen und allem. Plötzlich rief der Blinde laut „hier mischt sich der Himmel in die Erde und die Erde in den Himmel. Stimmt´s?" Die Schafe wandten ihm alle ihre Köpfe zu, alle.

Als er nun hinunterstieg, wie angefüllt mit einem Trank, der eine Idee von Schwebung in den Körper spülte, da wunderte er sich, er hatte ja nichts getrunken, war nicht eine Spur berauscht oder ähnlich. Dachte dann, was er eben erlebte, das wollte er erzählen. *Ich muss es mitteilen, nicht wegen des Geldes,* nicht wegen der Bedingung die ganze Summe zu erhalten. Nur, war es nun wirklich die Wahrheit? War der Himmel hier an diesem Ort? Nicht beim Kamel, nicht bei den Schafen in Schottland, hier oben am Berg, am Baum? Nicht in der Liebe zu ihr? Oder an manchen bestimmten Orten? Oder ging der Himmel nur um 15.00 Uhr auf, wie ein Tor ins Paradies, vielleicht an diesem Ort, um diese Zeit? An einem anderen schönen Ort zu einer anderen Zeit? Oder war es dazu nötig zu beten, zu meditieren, heilige Lieder zu singen, oder was? Was war nun wirklich der Schlüssel für Glückseligkeit?

Plötzlich tat es mit ihm einen Ruck mitten im Abwärtsgehen. Der Blinde und sein Hund standen still, ganz still. Und da war er wieder, dieser Trank, der ihn durchfloss.

Kein Ort, keine Zeit, nur ein Zustand, nur ein Sein, nur ein Lassen, nur mitten im Brennpunkt sein von ... wo sich Himmel und Erde zu Leben vermischen. In diesen Zustand hineingleiten lassen, verweilen. Der Alte lauschte und spähte nach innen, merkte, wie er sich wie von selbst in diesen Zustand einpendelte. Wenn er es ließ, wenn er sich dem hingab. Als er begann darüber nachzudenken, da, ja da war der Trank weg. Einfach weg. Und er verstand gleich im Moment danach – alles weg, weil er denkend feststellen oder halten wollte.

Doch er überlegte weiter. *Geht es nur an manchen Orten, wie oben am Berg*? Aber eigentlich wusste er es schon. Wenn man sich an einem Ort befindet, der ein Himmel-Erde-Gemenge-Ort ist, dann geht es dort leichter. Aber, er war ja nicht mehr am Baum, und doch ging es. Also, und er rief es so laut, dass der Hund erschrak. Wir mischen Erde und Himmel in uns, in uns selber. Geht aber nur gut, wenn man es zulässt, auslässt, sich hingibt. Dann kann man sogar (innerlich) zuschauen. Und lernen oder üben kann man es an einem Ort, wie dort droben auf dem Berg. „Weißt Hund, es geht nur darum, selbst die Himmelsleiter zu sein, wie es die Bäume sind. In dir selber den Himmel und die Erde vermischen. Mit deinem Atmen kannst nachhelfen, das weiß ich vom Baum. Du auch?"

Und beide, Mann und Hund ließen sich abwärts schweben.

*

Ein Jahr später.

Der Student wollte den Blinden besuchen. Doch der Blinde war nicht mehr hier und keiner wusste, wohin er gegangen war. Der Wirt raunte ihm zu, dass der Blinde gestorben sei. Der Student war einen Moment traurig. Dachte dann aber daran, dass er ihm ja die Welt gezeigt hatte und den Himmel hatte der Blinde wohl jetzt erreicht.

Als er in der Stadt zurück war, erzählte er seiner Freundin wieder nichts. Nicht vom Blinden und nicht von dessen Tod. Auch wenn er sich über ihre neuesten Bilder wunderte. Sie malte keine Himmel mehr. Sie, die Himmelbegeisterte, malte nur noch Wolken, kleine bauschige Wolken in kuriosen Formen. Aber nicht dort, wo man sie vermutete, nämlich oben, wo sonst. Nein, sie malte eine Wolke, die sich an ein Haus schmiegte. Eine andere, die gerade aus einem Haus kam, eine weitere, die sich in ein Taxi zwängte. Der Student, übrigens noch immer Student, war überrascht. Seine Freundin lächelte zufrieden, mit einem Anflug von Triumph wies sie darauf hin, dass sie ihren Malstil eben verändert habe. Und!

Sie habe alle ihre Himmelbilder, fast alle verkauft. Sie habe einen Galeristen gefunden, der die Bilder ausstellte. Sie strahlte: „Und der hat bereits gut verkauft. Er sagte, dass ich die Farben genau richtig gemischt habe. Wir können feiern!"

So gingen sie also den Himmel feiern. Student und Freundin, sie, mit einem Wolkenbild unterm Arm. Sie wollte es noch bringen, meinte sie. Als sie an der Theke auf Getränke warteten, sprang die junge Frau auf. Wollte nur schnell nach gegenüber, das Bild in die Galerie bringen. Der Student beobachtete sie, wie sie die Galerie betrat. Dann wurden seine Augen groß. Ein schwarz-weißer Hund kam ihr entgegen. Als sie zurückkam nippte sie an ihrem Drink und meinte so nebenbei, wie kurios es sei. Der Galerist sei schon recht alt und schräg. Der Student verschluckte sich, musste husten. Sie klopfte ihm den Rücken. Und, man stelle sich vor, der Galerist sei blind. Der Student musste noch mehr husten.

Eine Frau servierte gefüllte Gläser und meinte, was es so alles gebe in letzter Zeit. Ein blinder

Galerist ist fast wie ein Rechtshänder, dem die rechte Hand fehlt, der aber nur rechts greifen will oder umgekehrt … Sie kam ins Stocken, räusperte sich, verunsichert, etwas Unpassendes gesagt zu haben.

Die Freundin ignorierte es, ihr zustimmendes Nicken galt etwas Anderem. „Und, er lässt seine Kunden die Bilder nicht nur mit den Augen aussuchen, sie sollen die Bilder auch tasten! Er meint, so würde jeder, wirklich jeder (und mit jeder meint er *jeder* Mensch), seinen richtigen Himmel, hier auf der Erde, finden. Krass, oder?" Sie pausierte kurz, bevor sie (mit ein wenig Stolz) von einer Frau erzählte, die so ein Bild erstanden hatte. Die Käuferin hatte den richtigen Platz für ihr Bild bedachtsam ausgewählt, und, jedes Mal, wenn sie sich in der Nähe des Bildes aufhielt, wurde sie irgendwie froh. Ja manchmal passierte es, dass sie wie abgebremst innehielt, wenn sie eilig an dem Bild vorbeigehen wollte. Und sie freute sich, für einen oder mehrere oder lange Momente.

Der Student nickte, er dachte an die hundert Fältchen im Gesicht des Alten. Plötzlich stand der Hund vor der Tür auf dem Gehsteig und schaute hin zu ihm, zu Herrn Bald-nicht-mehr-Student (bald schon Dozent), und wedelte.

Sigrid Joanna Sonberg

Erzählung, Kurzgeschichte, Roman; Texte für Kinder und Jugendliche / Schulprojektbücher;

mehrere Auszeichnungen, u.a. für die Erzählung *Goldschimmer*